Fatima the Spinner and the Tent

by Idries Shah

Illustrated by Natasha Delmar

İPLİKÇİ FATMA VE ÇADIR

Yazan: İDRİS ŞAH

Resimleyen: Natasha Delmar

Hoopoe Books, 1702-L Meridian Ave. #266, San Jose, CA 95125, USA

First English Hardback Edition 2006
English Paperback Edition 2006
This English-Turkish Bilingual Paperback Edition 2022

www.hoopoebooks.com

Published by Hoopoe Books,
a division of The Institute for the Study of Human Knowledge

ISBN: 978-1-953292-97-1

The Library of Congress has catalogued the hardcover English language edition as follows:

Shah, Idries, 1924-1996

Fatima the spinner and the tent / written by Idries Shah ; [illustrated by Natasha Delmar].-- 1st ed.

p. cm.

Summary: When a series of misfortunes finally bring her to China where she is asked to make a tent for the Emperor, Fatima comes to realize the value of all her past experiences in helping her forge a new and happier life.

ISBN 1-883536-42-1 (hdbk)W

[1. Folklore.] I. Delmar, Natasha, ill. II. Title.

PZ8.1 .S47 Fat 2006

398.22--dc22

2005031631

ABOUT HOOPOE BOOKS BY IDRIES SHAH

"...a series of children's books that have captivated the hearts and minds of people from all walks of life. The books are tales from a rich tradition of storytelling from Central Asia and the Middle East. Stories told and retold to children, by campfire and candlelight, for more than a thousand years. Through repeated readings, these stories provoke fresh insight and more flexible thought in children. Beautifully illustrated."

—NEA Today: The Magazine of the National Education Association

"These teaching-stories can be experienced on many levels. A child may simply enjoy hearing them, an adult may analyze them in a more sophisticated way. Both may eventually benefit from the lessons within."

—Lynn Neary, 'All Things Considered,' NPR News, Washington

HOOPOE BOOKS'TAN ÇIKAN İDRİS ŞAH KİTAPLARI HAKKINDA

"Yaşamın her kesiminden insanların kalplerini ve zihinlerini büyüleyen bir çocuk kitapları serisi... Kitaplarda, Orta Asya ve Orta Doğu'dan gelen zengin öykücülük geleneğini yansıtan hikâyelere yer verilmiş. Bu hikâyeler bin yıldan uzun süredir dilden dile aktarılarak çocuklara kamp ateşi başında ve mum ışığında anlatılıyor. Tekrarlanan okumalar yoluyla, bu hikâyeler çocuklara taptaze bir içgörü ve daha esnek düşünme yeteneği aşılıyor. Çizimleri de harika."

NEA Today: Ulusal Eğitim Birliği Dergisi

"Bu öğretici hikâyeler farklı gruplardan okuyuculara hitap edebilir. Bir çocuk bu hikâyeleri basit bir şekilde dinlemekten keyif alırken, yetişkin bir okur daha derin ve ayrıntılı bir okuma yapabilir. Her iki grup da hikâyelerden çıkardığı dersin faydasını görecektir."

Lynn Neary, 'All Things Considered,' NPR News, Vaşington

Once, in a city in the Farthest West, there lived a girl called Fatima. She was the daughter of a prosperous spinner, who taught her to spin.

One day her father said to her, "Come, daughter, we are going on a journey, for I have business in the islands of the Middle Sea. Perhaps you may find some handsome youth in a good situation whom you could take as husband."

Bir zamanlar En Uzak Batı'da Fatma adında bir kız yaşarmış. Fatma, çok başarılı bir iplikçinin kızıymış.

Bir gün babası ona, "Haydi kızım, seninle Orta Deniz adalarındaki işlerimi halledeceğim bir yolculuğa çıkıyoruz. Belki sen de bu sırada yakışıklı ve durumu iyi bir genç bulup onunla evlenirsin" demiş.

They set off and traveled from island to island, the father doing his trading while Fatima dreamt of the husband who might soon be hers.

One day, however, they were on the way to Crete when a storm blew up, and the ship was wrecked.

Baba kız yola çıkıp adadan adaya seyahat etmişler. Babası ticaret işleriyle ilgilenirken Fatma da evleneceği gencin hayalini kurmuş.

Ama günlerden bir gün, Girit'e doğru yol alırlarken fırtına kopmuş ve tekneleri paramparça olmuş.

Fatima, only half conscious, was cast up on the seashore near Alexandria. Her father was drowned, and she was utterly destitute.

She could only remember dimly her life until then, for her experience of the shipwreck and her exposure in the sea had exhausted her.

Fatma, İskenderiye yakınlarında bir yerde karaya vurmuş ve bilinci yarı kapalı hâlde açmış gözlerini. Babası vefat etmiş, kendisi de boynu bükük ve yapayalnız, ortada kalmış.

Geçirdiği tekne kazası nedeniyle, o zamana kadar yaşadığı hayatı hayal meyal hatırlıyormuş. Suda geçirdiği sürede yaşadıkları nedeniyle de yorgunluktan tamamen bitik durumdaymış.

While she was wandering on the sands, a family of weavers found her. Although they were poor, they took her into their humble home and taught her their craft.

Thus it was that she made a second life for herself, and within a year or two she was happy and reconciled to her lot.

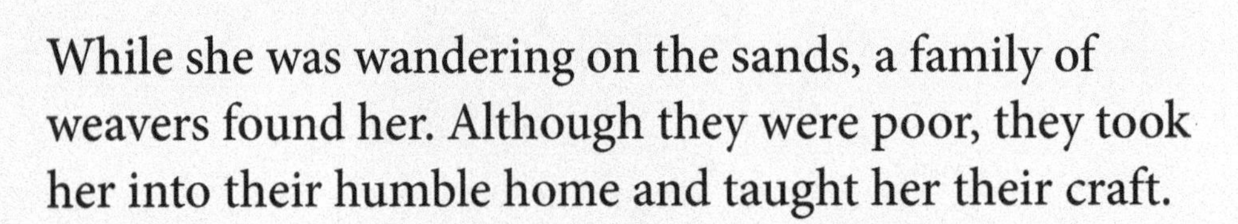

Kumsalda boş boş gezinirken Fatma'yı kumaş üreten bir aile bulmuş. Bu aile, fakir bir aileymiş ama yine de Fatma'yı mütevazı evlerine almışlar ve ona dokumacılık yapmayı öğretmişler.

Böylece Fatma yepyeni bir hayata başlamış. Bir iki yıl içinde bu hayata adapte olmuş ve mutlu mesut yaşamaya başlamış.

But one day, when she was on the seashore for some reason, a band of slave-traders landed and carried her, along with other captives, away with them.

Although she bitterly lamented her new situation, Fatima found no sympathy from her captors, who took her to Istanbul to sell her as a slave.

Her world had collapsed for a second time.

Ama günlerden bir gün Fatma deniz kenarında bir şeylerle uğraşırken oraya bir grup köle taciri gelmiş ve hem Fatma'yı hem de oradaki başka insanları esir alıp kaçırmışlar.

Fatma, ne kadar ağlayıp yalvarsa da onu esir alanları ikna edememiş. Tüccarlar, Fatma'yı köle olarak satmak için İstanbul'a götürmüşler.

Fatma'nın dünyası ikinci kez başına yıkılmış.

Now it chanced that there were few buyers at the market. One of them was a man who was looking for slaves to work in his woodyard, where he made masts for ships.

When he saw the dejection of the unfortunate Fatima, he decided to buy her. He thought that in this way, at least, he might be able to give her a slightly better life than if she were bought by someone else.

O gün, tesadüfen köle pazarında çok az alıcı varmış. Bu alıcılardan biri de gemi direği ürettiği odun deposunda çalıştıracak köleler arayan bir adammış.

Zavallı Fatma'nın ne kadar üzgün olduğunu gören adam, onu satın almaya karar vermiş. Böylece Fatma'ya bir başkası tarafından satın alınması durumunda yaşayacağına kıyasla kısmen de olsa daha iyi bir hayat sağlayabilirim diye düşünmüş.

He took Fatima to his home, intending to make her a serving-maid for his wife.

When he arrived at the house, however, he found that he had lost all his money in a ship's cargo which had been captured by pirates. He could not afford workers, so he, Fatima and his wife were left alone to work at the heavy labor of making masts.

Fatma'yı, karısına hizmetçilik yapması niyetiyle, yaşadıkları eve götürmüş.

Eve geldiğinde ise tüm parasının içinde olduğu yük gemisinin korsanlar tarafından kaçırıldığını öğrenmiş. Çalışanlarına ödeyecek parası kalmadığından adam, karısı ve Fatma hep beraber ağır koşullarda çalışarak gemi direklerini kendileri üretmek zorunda kalmışlar.

Fatima, grateful to her employer for rescuing her, worked so hard and so well that he freed her from slavery, and she became his trusted helper.

Thus it was that she became comparatively happy in her third career as a mast-builder.

One day the man said to her, “Fatima, I want you to go with a cargo of ships’ masts to Java as my agent, and be sure that you sell them at a profit.”

Fatma, onu kurtaran patronuna minnettar olduğundan o kadar canla başla çalışmış ki patronu onu kölelikten azad etmiş. Fatma böylece adamın en güvendiği çırağı olmuş.

Böylece üçüncü işinde nispeten mutlu bir yaşam sürmeye başlamış.

Bir gün patronu ona "Fatma, gemi direklerini taşıyan yük gemileriyle Cava Adası'na temsilcim olarak gitmeni ve direkleri iyi bir paraya satmanı istiyorum" demiş.

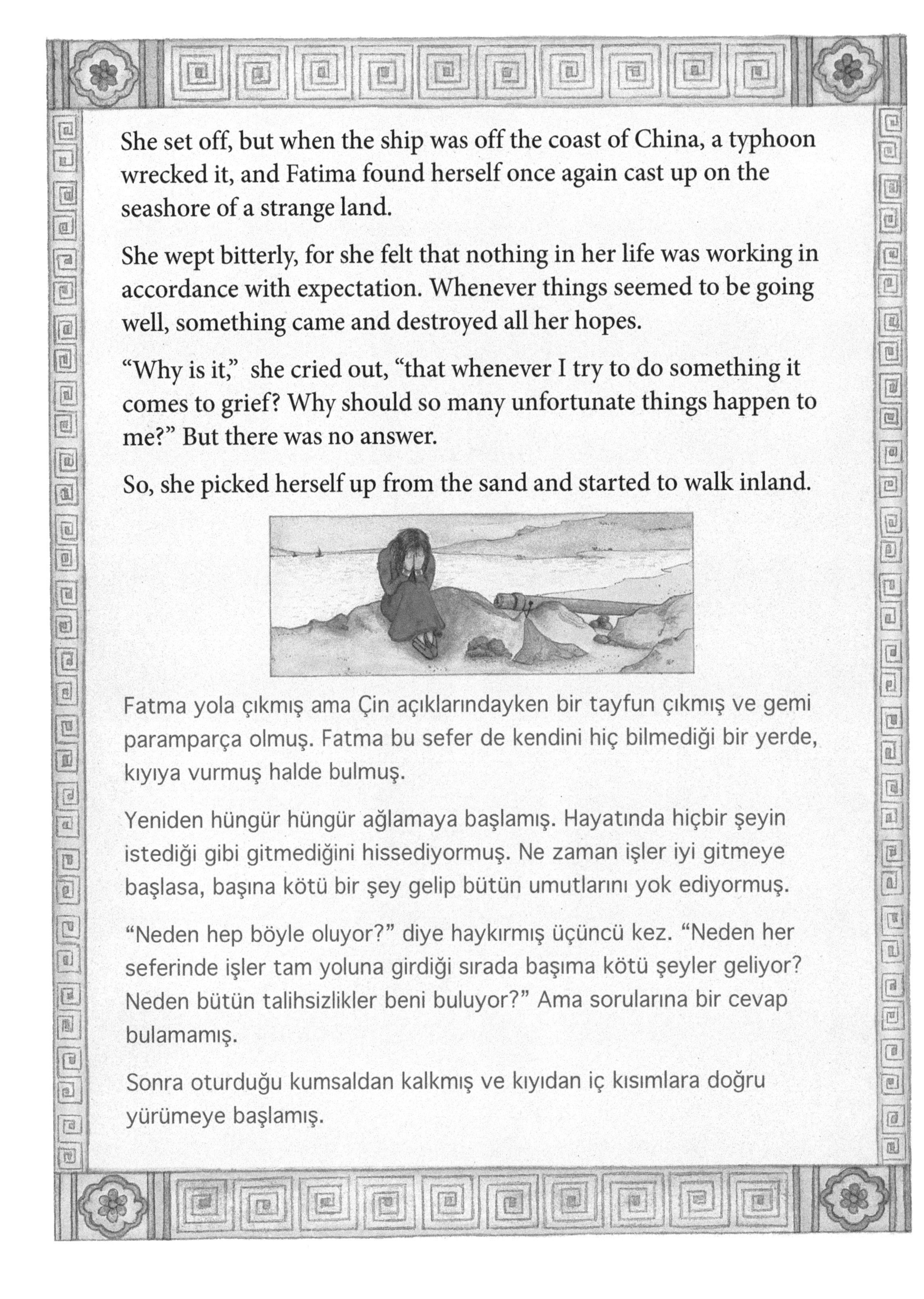

She set off, but when the ship was off the coast of China, a typhoon wrecked it, and Fatima found herself once again cast up on the seashore of a strange land.

She wept bitterly, for she felt that nothing in her life was working in accordance with expectation. Whenever things seemed to be going well, something came and destroyed all her hopes.

"Why is it," she cried out, "that whenever I try to do something it comes to grief? Why should so many unfortunate things happen to me?" But there was no answer.

So, she picked herself up from the sand and started to walk inland.

Fatma yola çıkmış ama Çin açıklarındayken bir tayfun çıkmış ve gemi paramparça olmuş. Fatma bu sefer de kendini hiç bilmediği bir yerde, kıyıya vurmuş halde bulmuş.

Yeniden hüngür hüngür ağlamaya başlamış. Hayatında hiçbir şeyin istediği gibi gitmediğini hissediyormuş. Ne zaman işler iyi gitmeye başlasa, başına kötü bir şey gelip bütün umutlarını yok ediyormuş.

"Neden hep böyle oluyor?" diye haykırmış üçüncü kez. "Neden her seferinde işler tam yoluna girdiği sırada başıma kötü şeyler geliyor? Neden bütün talihsizlikler beni buluyor?" Ama sorularına bir cevap bulamamış.

Sonra oturduğu kumsaldan kalkmış ve kıyıdan iç kısımlara doğru yürümeye başlamış.

中國

Now it so happened that nobody in China had heard of Fatima, or knew anything about her troubles. But there was a legend that a certain stranger, a woman, would one day arrive there and that she would be able to make a tent for the Emperor. And, since there was as yet nobody in China who could make tents, everyone looked upon the fulfillment of this prediction with the liveliest anticipation.

Successive Emperors of China wanted to make sure that this stranger, when she arrived, would not be missed. So, once a year, they sent heralds to all the towns and villages of the land, asking for any foreign woman to be produced at Court.

Tabii ki Çin'de yaşayan kimsenin Fatma'dan ve başına gelen olaylardan haberi yokmuş. Ancak, halk arasında bir gün yabancı bir kadının Çin'e geleceğine ve imparator için bir çadır kuracağına dair bir efsane kulaktan kulağa yayılıyormuş. Çin'de henüz çadır kurabilecek kimse bulunmadığından, herkes bu kehanetin gerçekleşmesini büyük bir heyecanla bekliyormuş.

Başa geçen her imparator bu kadının gelişini kaçırmamak için yılda bir kez tüm köy ve kasabalara haberci gönderir ve gelen bütün yabancı kadınların yönetime bildirilmesini istermiş.

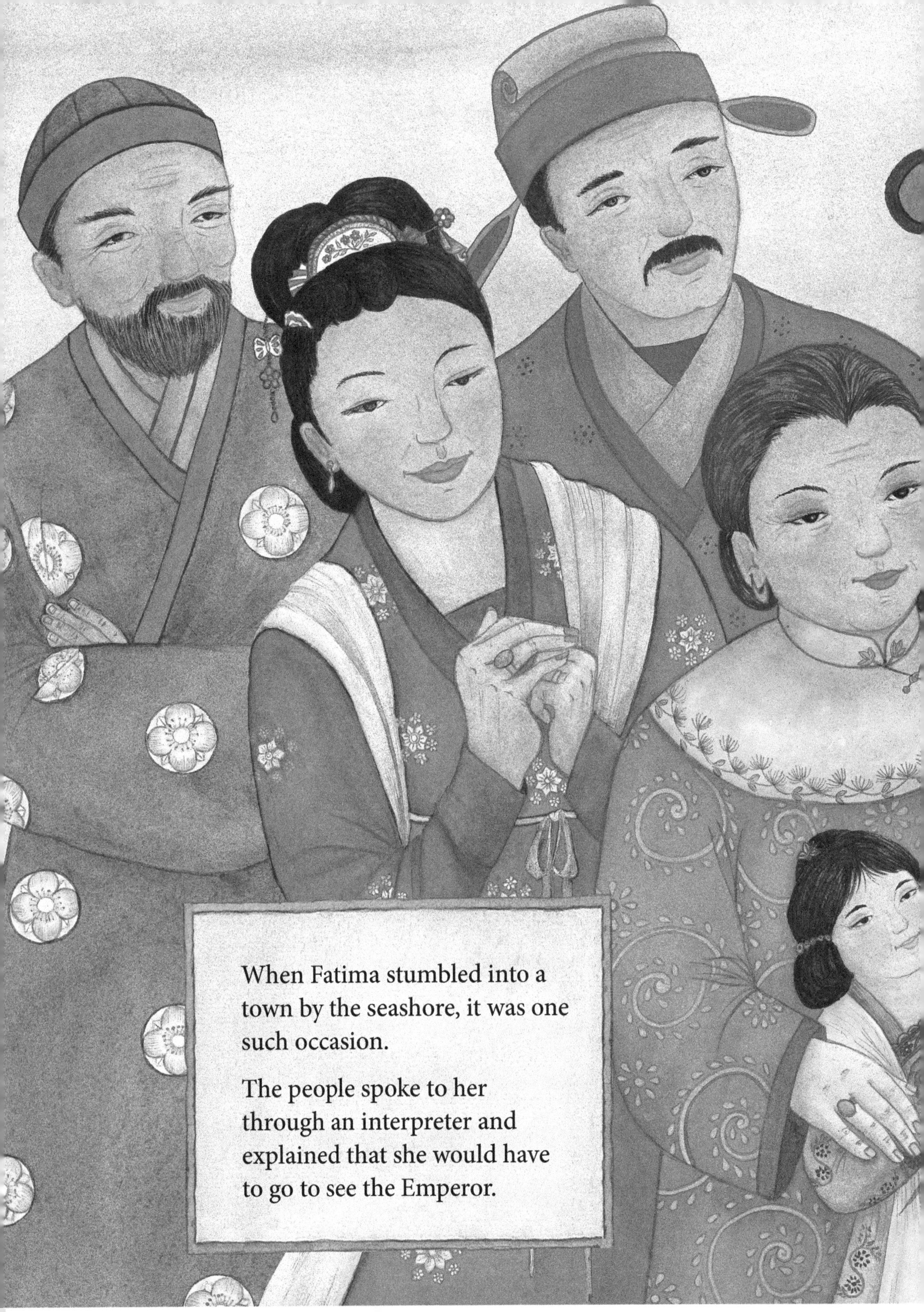

When Fatima stumbled into a town by the seashore, it was one such occasion.

The people spoke to her through an interpreter and explained that she would have to go to see the Emperor.

O sırada, Fatma'nın tesadüfen gittiği bir kıyı kasabasında da bu habercilerden biri bulunuyormuş.

Kasaba halkı bir çevirmen aracılığıyla Fatma'yla iletişim kurmuş ve imparatorla görüşmek zorunda olduğunu anlatmış.

“Lady,” said the Emperor, when Fatima was brought before him, “can you make a tent?”

“I think so,” said Fatima.

İmparator, huzurlarına getirilen Fatma'ya "Hanımefendi" demiş, "Siz çadır kurmayı becerebilir misiniz?"

"Sanırım becerebilirim" diye yanıt vermiş Fatma.

She asked for rope, but there was none to be had.

So, remembering her time as a spinner, she collected flax and made ropes.

Then she asked for strong cloth, but the Chinese had none of the kind that she needed. So, drawing on her experience with the weavers of Alexandria, she made some sturdy tent-cloth.

Fatma halat istemiş ama hiç halatları yokmuş.

Sonra iplikçilik yaptığı zamanları hatırlamış ve keten toplayıp halatlar yapmış.

Ardından dayanıklı kumaş istemiş ama Çin'de onun istediği gibi bir kumaş bulunamamış.

Fatma, İskenderiye'deki dokumacılarla olan deneyimlerine dayanarak kalın çadır kumaşı yapmış.

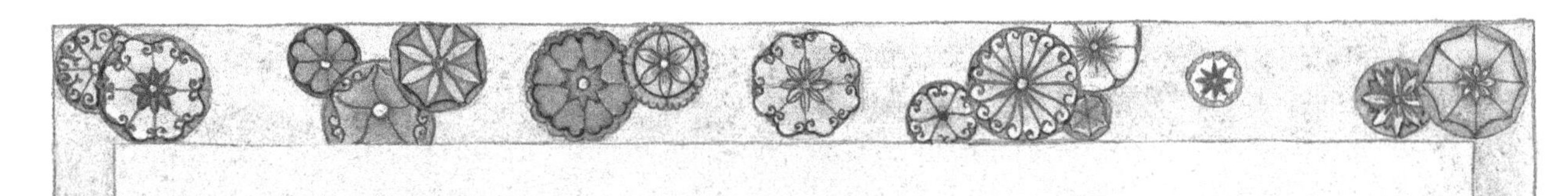

Then she found that she needed tent-poles, but there were none in China. So, Fatima, remembering how she had been trained by the mast-builder of Istanbul, cunningly made strong tent-poles.

When these were ready, she racked her brains for the memory of all the tents she had seen in her travels...

Ardından çadır direğine ihtiyacı olmuş ama Çin'de hiç çadır direği yokmuş. Fatma, İstanbul'daki ahşap oymacısının ona öğrettiklerini uygulayarak harika ve sağlam çadır direkleri yapmış.

Tüm malzemeleri hazırladıktan sonra, seyahatleri boyunca denk geldiği çadırların nasıl göründüklerini hatırlamak için zorlamış kendini...

And Lo... a tent was made!
Ve nihayet!
Ortaya bir çadır çıkmış.

When this wonder was revealed to the Emperor of China, he offered Fatima the fulfillment of any wish she cared to name. She chose to settle in China, where she married a handsome prince, and where she remained in happiness, surrounded by her children, until the end of her days.

Bu mucizenin gerçekleştiğini duyan Çin imparatoru, Fatma'ya dilediği her şeyi yerine getireceğine dair söz vermiş. Fatma da Çin'e yerleşip yakışıklı bir prensle evlenmek ve hayatının sonuna kadar kocası ve çocuklarıyla mutlu mesut yaşamak istediğini söylemiş.

It was through these adventures that Fatima realized that what had appeared to be an unpleasant experience at the time, turned out to be an essential part of the making of her ultimate happiness.

Fatma, bütün bu maceralar sayesinde, ilk başta tatsız gibi görünen bir deneyimin, nihai mutluluğunun ortaya çıkmasında önemli bir rolü olduğunu fark etmiş.

Follow Fatima's Journey...

The map on the next page shows Fatima's travels. Once you have read the story, you might use this map to retell it. Fatima's journey by boat was very much longer than a similar journey would take today. In 1869 the Suez Canal was opened in Egypt. It provided a trading route from the Mediterranean to the Red Sea and enabled ships to travel between Europe and South Asia without having to sail around the southern cape of Africa. The history of the region reveals many attempts to connect both the Nile River and the Mediterranean Sea to the Red Sea. This is quite understandable given that a journey from Europe to India via the Canal would be about 4300 miles (7,000 kilometers) less! It is believed that the first canal in the area was constructed between the Nile River delta and the Red Sea in the 13th Century BCE.

We suggest you start at the beginning of Fatima's journey (when she was with her father) and, along the way, identify the various places she visited. The story is set at a time long ago when the Atlantic Ocean was thought to be the western end of the world. In Arabic, Maghreb means "West" or "Western." So, the Arabians called those western regions of Northern Africa "the West" (al Maghreb) or "the Far West" (al Maghreb al aqsa), or "the Farthest West" as in the beginning of this story. Today the countries of the Maghreb are Mauretania, Morocco, Algeria, Tunisia and Libya.

In the story Fatima's father says: "I have business in the islands of the Middle Sea." Look on the map and see where that might be. You are looking for a sea that is "in the middle," i.e., surrounded by land. The name "Mediterranean," comes from the Latin "medius" meaning middle, and "terra," land or earth. And on its farthest western shore is a country known today as "Morocco" which is probably where Fatima and her father started their journey.

Fatma'nın yolculuğunu haritada takip et...

Bir sonraki sayfadaki harita, Fatma'nın seyahatlerini gösteriyor. Hikâyeyi okuduktan sonra, başkalarına anlatmak için bu haritayı kullanabilirsin. Fatma'nın tekneyle yaptığı yolculuk, günümüzde yapılan deniz yolculuklarından çok daha uzun sürmüştü. 1869'da Mısır'da Süveyş Kanalı açıldı. Böylece Akdeniz'den Kızıldeniz'e uzanan bir ticaret yolu oluştu ve gemiler Afrika'nın güney burnunu dolaşmak zorunda kalmadan Avrupa ile Güney Asya arasında seyahat edebilmeye başladı. Tarih boyunca, bu bölgede, hem Nil Nehri'ni hem de Akdeniz'i Kızıldeniz'e bağlamaya yönelik birçok girişimde bulunuldu. Avrupa'dan Hindistan'a kanalı kullanarak yapılan bir yolculuğun yaklaşık 7.000 kilometre (4.300 mil) daha kısa olduğu düşünüldüğünde, insan bu girişimlere hak vermeden edemiyor! Bölgedeki ilk kanalın MÖ 13. yüzyılda Nil Nehri deltası ile Kızıldeniz arasında açıldığı düşünülüyor.

Fatma'nın yolculuğuna en başından (babasıyla birlikte olduğu zamandan) başlamanı ve yol boyunca ziyaret ettiği çeşitli yerleri haritada bulmanı öneririz. Bu hikâyenin geçtiği çok eski zamanlarda, Atlantik Okyanusu'nun dünyanın batıdaki ucu olduğu düşünülüyordu. Arapça'da 'mağrip', 'batı' veya 'batılı' anlamına gelir. Bu yüzden Araplar, Kuzey Afrika'nın batı bölgelerine bu hikâyenin başında da olduğu gibi 'Batı' (el Mağrip) veya 'Uzak Batı' (el Mağrip el aksa) veya 'En Uzak Batı' adını vermişler. Günümüzde, bu Mağrip ülkeleri Moritanya, Fas, Cezayir, Tunus ve Libya'dır.

Fatma'nın babası hikâyede şöyle diyor: "Orta Deniz adalarındaki işlerimi halledeceğim." Haritaya bak ve bu denizin nerede olabileceğini düşün. 'Ortada' yani karayla çevrili bir deniz bulmaya çalış. Bugün kullandığımız 'Akdeniz' (Mediterranean) adı, aslında Latince orta anlamına gelen 'medius' ile toprak veya kara parçası anlamına gelen 'terra' kelimelerinin birleştirilmesiyle oluşmuştur. Ve Akdeniz'in en uzak batı kıyısında, en büyük kenti Kazablanka olan, günümüzde Fas olarak bilinen bir ülke bulunur. Fatma ve babasının yolculuklarına başladıkları yer muhtemelen Fas'tır.

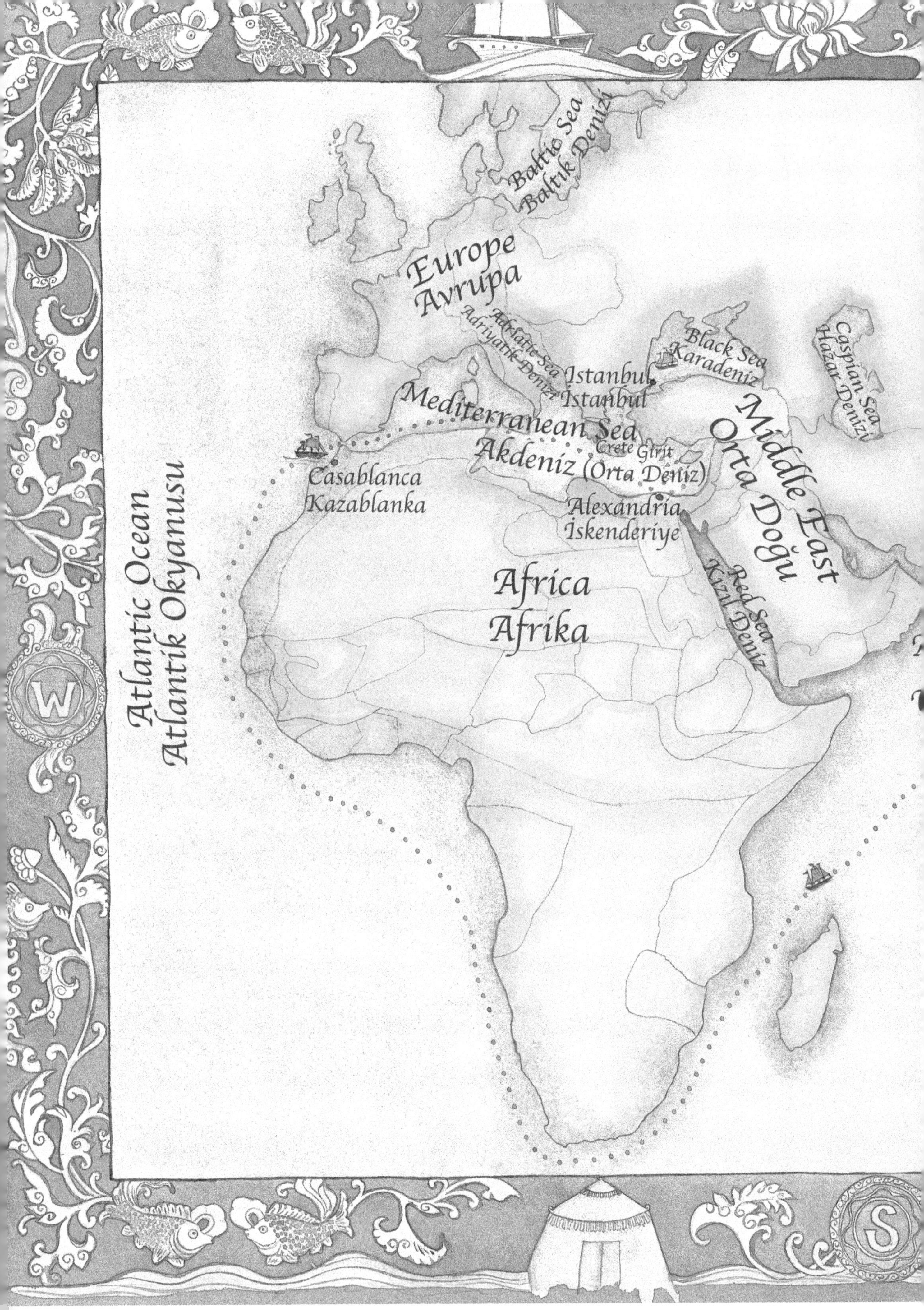

Baltic Sea
Baltık Denizi
Europe
Avrupa
Adriatic Sea
Adriyatik Denizi
Black Sea
Karadeniz
Caspian Sea
Hazar Denizi
Istanbul
İstanbul
Mediterranean Sea
Akdeniz (Orta Deniz)
Crete Girit
Middle East
Orta Doğu
Casablanca
Kazablanka
Alexandria
İskenderiye
Atlantic Ocean
Atlantik Okyanusu
Africa
Afrika
Red Sea
Kızıl Deniz
W
S

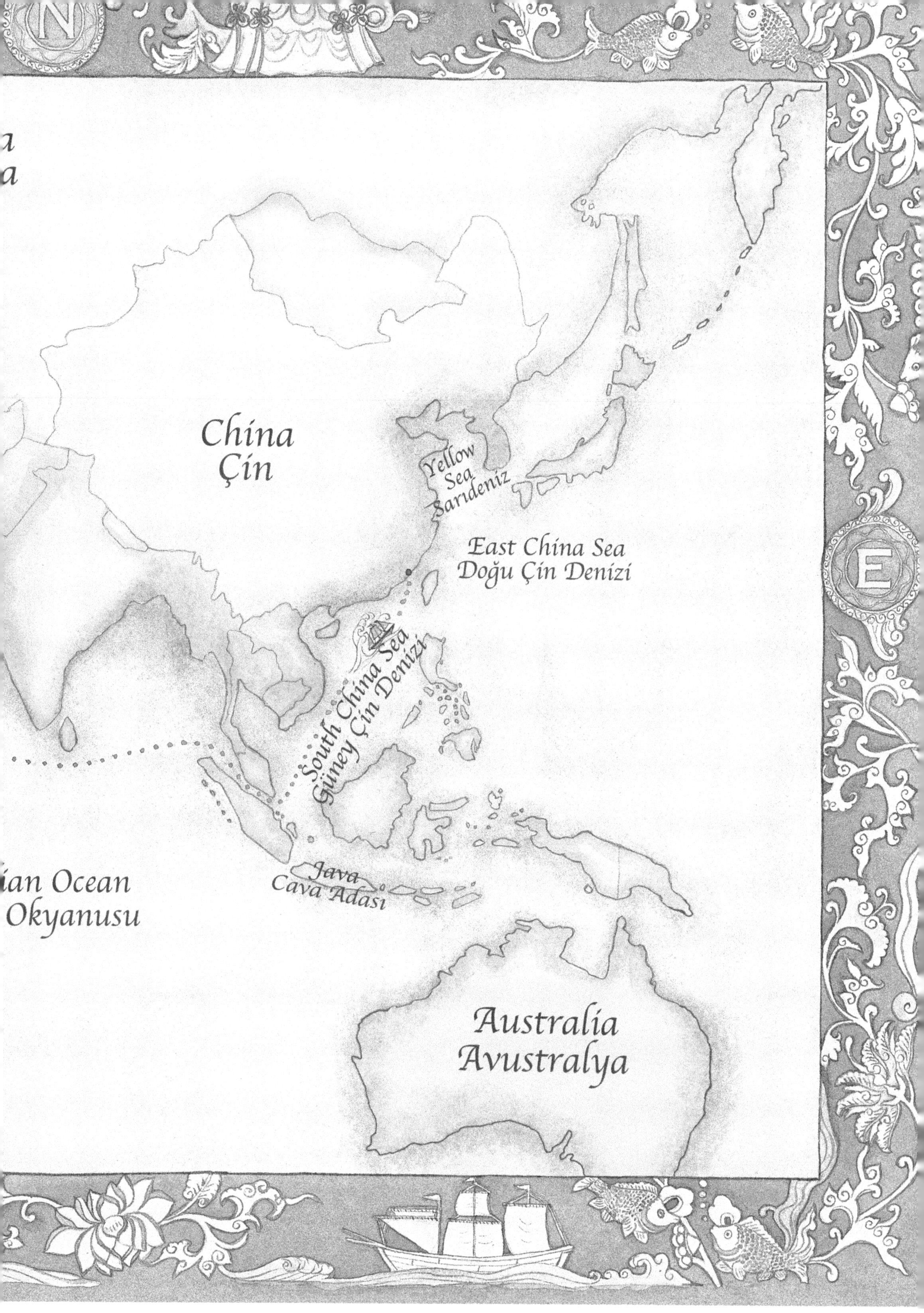
N
E
a
a
China
Çin
Yellow
Sea
Sarıdeniz
East China Sea
Doğu Çin Denizi
South China Sea
Güney Çin Denizi
ian Ocean
Okyanusu
Java
Cava Adası
Australia
Avustralya

www.hoopoebooks.com

ALSO BY IDRIES SHAH FOR YOUNG READERS:

İDRIS SAH'IN GENÇ OKURLARA HITAP EDEN DIĞER ESERLERI:

The Farmer's Wife / *Çiftçinin Karısı*

The Silly Chicken / *Budala Tavuk*

The Lion Who Saw Himself in the Water /
Kendini Suda Gören Aslan

Neem the Half-Boy / *Yarım Oğlan Nini*

The Clever Boy and the Terrible, Dangerous Animal /
Zeki Oğlan ile Korkunç ve Tehlikeli Hayvan

For the complete works of Idries Shah, visit:
İdris Şah'ın tüm eserleri için:

www.Idriesshahfoundation.org

CPSIA information can be obtained
at www.ICGtesting.com
Printed in the USA
LVHW071634120423
744162LV00009B/207